Kéo et l'épée magique

Le Dévoreur de magie

Casterman
Rue Haute 139
1000 Bruxelles
Belgique

www.casterman.com

ISBN : 978-2-203-24212-8
N° d'édition : L.10EJDN002540.N001

Achevé d'imprimer en avril 2022, en Espagne, par EDELVIVES,
(Ctra Madrid km 315,7, 50012 Saragosse).
Dépôt légal : mai 2022 ; D.2022/0053/136

Déposé au ministère de la Justice, Paris (loi n°49.956 du
16 juillet 1949 sur les publications destinées à la jeunesse).

Paul Beorn

Kéo et l'épée magique

Le Dévoreur de magie

2

Illustré par
Alexandre Cochez

casterman

1.

LE FANTÔME DU LAC NOIR

Au royaume d'Acadia, on ramasse depuis toujours les pierres magiques qui tombent du ciel dans le lac noir. C'est là, au village des pierres de lune, que vit Kéo.

Il a dix ans et il est le seul à posséder une épée magique. Il l'a nommée

Lumière. Elle parle, rit et dit parfois des bêtises, comme un être humain.

Sur la plage, avec ses amis Tira et Piroto, Kéo nettoie les pierres de lune que les villageois ont trouvées cette année. La récolte a été bonne ! On a ramassé des « Soleils », qui peuvent éclairer une maison pendant un mois. Ou encore des « Crépites », capables de protéger un village de la foudre. Demain, les adultes iront les vendre à la capitale. En échange, ils achèteront de la nourriture pour tout l'hiver.

— Oh, regardez ! dit Piroto en

brandissant une jolie pierre orangée. C'est une « pierre de sept lieues » ! Elle permet de faire des bonds de géant pendant plusieurs heures.

— Prout de troll ! fait l'épée Lumière, passée dans la ceinture de Kéo. Ça doit être génial !

Piroto la dépose à côté de lui et en prend une autre à nettoyer.

Mais il s'écrie soudain :

— La pierre a disparu ! Elle était juste là, à côté de moi !

Il la cherche partout, mais ne la retrouve pas.

— C'est sûrement le fantôme du lac noir qui l'a volée, fait Tira d'une voix pleine de mystère.

— Le quoi ? demande Kéo.

— Le fantôme du lac noir, répond

Tira. Tu n'es pas au courant ? Tout le village en parle !

— Le fantôme est connu dans tout le royaume d'Acadia, murmure Piroto. À chaque fois qu'il apparaît, des choses terribles arrivent. Un jour, une falaise s'est écroulée sur un village. Eh ben, le fantôme était apparu là-bas juste avant.

Tira acquiesce de la tête.

— Près du lac, il y avait un autre village. Le fantôme y est allé, et trois jours plus tard, une tornade a tout ravagé.

— Et vous êtes sûrs que ce fantôme est ici, chez nous ? demande Kéo.

— Des portes s'ouvrent et se ferment toutes seules, répond Piroto, des objets flottent dans les airs et disparaissent. C'est le fantôme du lac noir, c'est sûr !

Lumière éclate de rire.

— N'importe quoi ! Ta pierre de sept lieues a dû rouler au bas du tas, Piroto, c'est tout. Quelle bande de trouillards !

Vexé, Piroto dit à Kéo :

— Tu devrais la vendre, ton épée. Tous ceux qui ont trouvé des armes magiques en ont tiré un bon prix, à la ville.

— Me VENDRE ?! hurle Lumière.

Elle jaillit hors de la ceinture de Kéo et, toute seule en l'air, se met à taper sur la tête de Piroto du plat de sa lame.

— Espèce de... (paf !) morve d'orc... (paf !) moisie ! (paf !)

— Aïe ! Aïe ! gémit Piroto.

— Je ne vendrai jamais Lumière, répond Kéo d'un ton ferme.

Puis il dit à ses amis :

— Bon. Vous croyez vraiment que ce fantôme est dans le village ? Alors on se retrouve ici cette nuit et on essaye de le trouver. D'accord ?

CELLE QUI VOYAIT L'AVENIR

Quand tout le village est endormi, Kéo sort de chez lui, avec Lumière glissée à sa ceinture. Il retrouve Tira et Piroto sur la plage de galets.

— Cachez-vous quelque part, chuchote Kéo. Et si vous voyez une porte s'ouvrir, c'est que c'est le fantôme !

Kéo, lui, monte à la vieille tour de guet. Il regarde en bas, puis il attend. Une minute. Une heure… Il finit par s'endormir.

Soudain, un léger bruit le réveille en sursaut. Dans la nuit noire, une petite fille aux yeux lumineux l'observe en silence. Elle est vraiment très étrange : elle flotte dans les airs comme par magie !

— Qui es-tu ? lui demande-t-il, effrayé. C'est toi, le fantôme ?

— Tu... Tu me vois ? s'écrie la petite fille, stupéfaite.

— Lumière ! crie Kéo. Purée de gobelins ! Tu dors ou quoi ?

— Hein ? Moi ? P... Pas du tout ! répond l'épée d'une voix complètement endormie. Prout de troll ! C'est qui, cette fille ?

— Tira ! Piroto ! crie encore Kéo en se penchant vers le village.

Ses deux amis montent l'escalier de la tour et arrivent en courant.

— J'ai trouvé le fantôme, dit-il en pointant du doigt la petite fille bizarre.

Mais Tira et Piroto regardent sans comprendre.

— Où ça? demande Piroto.

Ils ne la voient pas et ne l'entendent pas.

Tira et Piroto, qui ont cru à une mauvaise blague, rentrent se coucher. Mais Kéo, lui, reste parler à la petite fille.

— Je m'appelle Swine et je suis une elfe, dit-elle. Les humains croient que je suis un fantôme parce qu'ils ne peuvent pas me voir.

— Pourtant, moi, je te vois ! répond Kéo.

Swine réfléchit.

— C'est peut-être grâce à ton épée magique. Elle doit être vraiment trèèès puissante.

— Tu as entendu, Kéo ? fait Lumière, ravie. Je suis trèèès puissante !

— Est-ce que tu vas déclencher une horrible catastrophe, comme tu l'as fait dans d'autres villages ? demande Kéo à Swine.

— Moi ? s'écrie l'elfe. Je n'ai jamais déclenché de catastrophe ! En fait, j'ai juste un don magique : quand un village va disparaître, je le sais trois jours à l'avance. Alors j'y vais, je regarde les gens... Parfois, je prends quelques objets pour garder une trace d'eux. Je voudrais tellement les aider ! Mais... je ne sais pas comment.

— Attends une seconde... dit Kéo en ouvrant de grands yeux. Tu veux dire que notre village va disparaître ? Mais pourquoi ?

— Je ne sais pas, répond Swine en baissant la tête, l'air désolé. Je sais juste qu'il va être détruit.

ATTAQUE DANS LA NUIT

Soudain, la nuit s'illumine de rouge et d'or.

Un grondement terrible fait trembler les murs des maisons et une créature gigantesque tombe du ciel. Du feu sort de sa gueule, de ses griffes et de ses immenses ailes noires.

— C'est quoi, ce machin ? crie Lumière.

— Un dragon des montagnes ! répond Kéo d'une voix blanche.

Les gens sortent de leurs maisons en criant.

— Je suis désolée pour votre village, dit Swine avant de s'enfuir.

Le dragon est haut comme une tour de château fort. Il sent la braise et le feu. Sa peau noire est faite d'écailles fumantes comme la cendre. Ses pattes puissantes sont garnies de griffes

pointues et, quand il s'avance, le sol tremble sous ses pas.

Kéo descend de la tour et fonce chez lui retrouver ses parents, qui sont déjà dehors.

— Kéo, mets-toi à l'abri avec les autres enfants ! lui crie sa mère.

— C'était ça, la catastrophe ! dit Tira.

— On est fichus ! gémit Piroto.

— HUMAINS ! gronde le dragon.

Sa terrible voix résonne sur la montagne.

— Si votre village possède une arme magique, poursuit-il, livrez-la moi et j'épargnerai vos vies !

Dans la foule, Kéo entend des chuchotements effrayés :

— Une arme magique ?

— Il n'y en a qu'une seule, ici : c'est l'épée de Kéo !

Peu à peu, tous les regards se tournent vers lui. Finalement, Maître Anko, le chef du village, lui dit d'une voix grave :

— Je suis désolé, Kéo, nous n'avons pas le choix. Donne-moi Lumière.

— Jamais ! s'écrie Kéo, les larmes aux yeux. C'est mon amie !

— Allons, petit, gronde Maître Anko. Donne-la-moi !

Deux hommes empoignent Kéo par derrière. Il donne un coup de pied à l'un d'eux mais l'autre le gifle.

— Kéo, arrête ! fait Lumière. Je ne veux pas qu'ils te fassent de mal.

Elle glisse toute seule de sa ceinture et se laisse tomber aux pieds de Maître Anko.

— Lumière ! crie Kéo. Je ne vais pas te livrer à un dragon !

— Ce petit dragon de rien du tout ? Il... Il ne me fait même pas peur, répond l'épée d'une voix pourtant tremblante.

Maître Anko ramasse Lumière et la dépose devant la créature.

— Voilà l'épée, dit-il.

— Bien. Accroche-la sur moi, gronde le dragon.

Il porte une chaîne d'or autour du cou. Maître Anko y attache

Lumière. La créature éclate alors d'un rire tonitruant, qui fait trembler la montagne.

— Idiots d'humains ! Seule une arme magique pouvait me vaincre. Maintenant, vous êtes sans défense ! Donnez-moi toute votre récolte de pierres de lune ou je réduis votre village en cendres.

— Nos pierres de lune ? Mais pourquoi ? demande Maître Anko.

— Pourquoi ? répète le dragon en ricanant.

Sur le tas de pierres magiques, il attrape avec sa patte une « Soleil » très lumineuse. Il la tient entre ses griffes et se concentre. Alors la lumière de la pierre s'éteint peu à peu, pendant qu'une lueur dorée s'allume dans les yeux du dragon : il vient d'absorber toute la magie de la pierre !

— Je me nourris de magie, dit le dragon. Je vais d'abord dévorer celle de votre petite épée, puis celle de vos pierres de lune.

— Nous ne pouvons pas vous donner nos pierres ! proteste Maître Anko. Si nous ne les vendons pas, nous ne pourrons pas acheter de nourriture. Nous mourrons de faim pendant l'hiver !

— Vous refusez ?

Le dragon ouvre la gueule et crache un long jet de flammes sur les maisons autour de lui. Tout le village commence à prendre feu !

— Je vous avais prévenus. Maintenant, obéissez, ou je brûle aussi vos enfants.

Désespérés, les villageois prennent un très grand sac et y entassent peu à peu toute leur récolte de pierres. Puis ils l'apportent au dragon et l'accrochent à son cou. Celui-ci s'envole en criant :

— Adieu, stupides humains !

4. L'AMIE INVISIBLE

Résignés, les villageois regardent tristement leurs maisons dévorées par les flammes.

— Je suis désolée pour Lumière, murmure Tira à Kéo. Je t'avais bien dit que le fantôme du lac noir déclenchait des catastrophes !

— Le fantôme ? murmure Kéo. Il faut que j'aille voir le fantôme !

Kéo court dans le village en feu jusqu'à la vieille tour de guet, encore debout. Il monte les escaliers quatre à quatre et arrive tout en haut. Puis il crie aussi fort qu'il le peut :

— Swine ! Swine ! Est-ce que tu es là ? Je ne peux plus te voir depuis que le dragon a volé mon épée !

Il fait de plus en plus chaud. Les flammes montent du village et brûlent la gorge de Kéo, mais il continue à crier :

— Tu n'as pas pu aider les autres villages, mais aujourd'hui, tu peux faire quelque chose pour nous ! Fais-moi un signe ! Donne-moi une idée !

Sur le plancher de la tour, des traits noirs apparaissent peu à peu, comme si quelqu'un d'invisible dessinait sur le bois avec un morceau de charbon.

Kéo comprend alors de quoi il s'agit : l'elfe trace une carte de la région ! Puis elle marque une croix à l'emplacement de la « montagne rouge », un volcan dont les villageois parlent avec crainte.

— C'est à cet endroit que vit le dragon ! C'est ça ?

Mais comment se rendre aussi loin, aussi haut ?

— Swine, dit Kéo, c'est bien toi qui as pris à Piroto une pierre de sept lieues tout à l'heure ? Elle permet de faire des bonds de géant pendant plusieurs heures. Si tu l'as, s'il te plaît, donne-la-moi !

Après un court silence, la jolie pierre orangée surgit de nulle part et roule aux pieds de Kéo.

— Merci ! lance-t-il tout en dévalant les escaliers.

En bas, les villageois pleurent et se lamentent :

— Nos maisons sont détruites, nous sommes ruinés !

— Nous allons mourir de faim !

Kéo serre la pierre de sept lieues dans sa main et sa magie l'envahit tout entier. Alors, sous les yeux stupéfaits des villageois, il fait un bond prodigieux dans les airs. En quelques pas de géant, il se retrouve très, très haut sur la pente de la montagne. Il agite les mains vers le village en flammes, déjà tout petit en bas, et il crie dans le silence de la nuit :

— Je reviendrai avec Lumière et toutes nos pierres de lune !

LE VIEUX CHÂTEAU

Quand le soleil se lève derrière les sommets enneigés, Kéo arrive enfin à la « montagne rouge ». C'est un volcan au cratère très profond et rempli de lave bouillonnante.

Un château abandonné est perché sur le bord du cratère. Kéo devine

que c'est la tanière du dragon. Les murailles en ruines sont noires de cendres. Plusieurs tours se sont effondrées et l'endroit semble désert.

— J'espère que le dragon n'a pas encore dévoré la magie de Lumière… murmure Kéo.

Il prend son élan et, en un seul bond, saute par-dessus la muraille. Il retombe dans la cour, sur un énorme tas de pièces d'or, de bijoux et de joyaux : le trésor du dragon ! La créature n'est visible nulle part, mais le sac de pierres de lune est juste là, avec les autres objets précieux.

— Kéo, attention ! fait la voix de Lumière derrière lui.

Il se retourne : le dragon s'était caché derrière le donjon !

— Tu n'aurais pas dû venir ici, petit humain, dit-il.

D'un geste fulgurant, il abat sa patte aux griffes tranchantes. Mais grâce à la magie de la pierre de sept lieues, le jeune garçon l'évite et bondit au sommet d'une tour. La créature la démolit d'un coup de queue rageur, mais trop tard : Kéo a déjà sauté sur son cou !

— Bravo ! s'écrie Lumière.

— Lâche-moi ! hurle le dragon, furieux.

Pendant que Kéo s'accroche à Lumière, le dragon secoue la tête dans tous les sens. Et il secoue si fort que l'épée s'arrache de la chaîne. Kéo se retrouve éjecté à toute vitesse sur la muraille !

— Aïe ! On va s'écraser ! crie Lumière.

Mais au dernier moment, Kéo s'immobilise dans les airs.

— Purée de gobelins ! Lumière, on dirait que tu as un nouveau pouvoir : tu peux nous faire voler !

— Ah bon ? Prout de troll ! Je suis géniale !

Le dragon, furieux, rugit et crache tout le feu qu'il a dans le gosier, mais Kéo et Lumière filent comme l'éclair à l'autre bout du château.

Puis la créature avance la tête et tente de refermer ses mâchoires sur Kéo, mais Lumière les fait voler hors de sa portée.

— Tu es lent comme une limace ! crie Kéo au dragon.

— Je vais vous écrabouiller !

— Ah oui ? fait Lumière. Essaye déjà de nous trouver !

L'épée utilise alors le pouvoir qu'elle connaît déjà : elle les rend invisibles !

— Où es-tu passé, misérable humain ?

Écumant de rage, le dragon saccage tout. Il cogne sur les murailles, les toits, les tours. Aveuglé par sa fureur, il frappe même le sol de ses deux énormes pattes, si fort qu'une grande faille s'ouvre sous ses griffes. Le dragon et tout ce qui reste du château basculent dans le cratère du volcan.

Englué dans la lave, il hurle et tente de s'envoler. Mais il est trop tard. Dans sa colère, il s'est trouvé lui-même un ennemi formidable : le feu du volcan est plus puissant que le sien. La créature s'y consume peu à peu entièrement.

LE SECRET DE LA PUISSANCE DE LUMIÈRE

Lumière, épuisée, les fait redevenir visibles. Il ne reste plus rien au bord du cratère : ni dragon, ni château, ni trésor. Tout a été englouti dans la lave.

— Les pierres de lune sont perdues, gémit l'épée. Je suis nulle !

— Tu parles ! lui répond Kéo. Tu as vaincu un dragon.

— *On* a vaincu un dragon, le corrige Lumière.

Une voix s'élève soudain derrière eux.

— Lumière a raison !

Kéo se retourne en sursautant : c'est Swine, la petite fille elfe. Kéo peut la voir de nouveau flotter dans les airs. Elle les a suivis jusqu'ici en volant !

— Je me demandais comment ton épée magique pouvait être assez puissante pour que tu puisses me voir. Mais ce n'est pas l'épée toute seule qui est puissante, c'est vous deux ensemble.

— Nous deux? répète Kéo.

— Parfois, une épée magique et un humain s'entendent tellement bien que la force de leur amitié leur donne des pouvoirs extraordinaires.

— Pfff, on n'a même pas réussi à sauver le sac de pierres de lune… répond tristement Lumière.

— Tu veux parler de ça ? dit Swine.

Elle tient le cordon d'un énorme sac qui flotte dans les airs derrière elle.

— Je l'ai récupéré juste avant que le château s'effondre.

— Swine ! s'écrie Kéo. Tu es entrée dans le château quand le dragon cognait partout et crachait du feu ? Tu es la plus courageuse des elfes !

Swine rougit, heureuse de les avoir aidés.

Quand Kéo revient au village avec les pierres de lune, tout le monde l'accueille en héros.

— Bravo à toi, dit Maître Anko. Nous reconstruirons notre village et, grâce à toi, nous ne mourrons pas de faim cet hiver. Encore une fois, Kéo, tu nous as sauvés !

— Non, dit Kéo. Ce n'est pas moi tout seul, c'est Lumière et moi.

Il brandit fièrement son amie.

— En fait, c'est surtout moi, se vante Lumière. Je suis une épée trèèès puissante. Je sais même voler dans les airs. Impressionnant, non ?

— Lumière, dit Maître Anko, plus jamais nous ne te livrerons à qui que ce soit. Tu fais partie des habitants de notre village, maintenant.

Kéo sourit. Il passe son épée à sa ceinture et murmure « merci » à quelqu'un que les autres ne voient pas : Swine, le « fantôme du lac noir », qui flotte à côté de lui. L'elfe lui répond d'un sourire et d'un signe de la main.

— Et je suis sûre que j'ai encore plein d'autres pouvoirs à découvrir ! conclut Lumière.

FIN

BIOGRAPHIES

L'auteur

Paul Beorn a écrit de nombreux romans pour la jeunesse, notamment *14-14* coécrit avec Silène Edgar, ou encore *Le Septième Guerrier-Mage*. Écrivant principalement des récits de fantasy et fantastique, *Kéo et l'épée magique* est sa première série d'heroic-fantasy pour les plus jeunes lecteurs chez Casterman Jeunesse.

L'illustrateur

Originaire de Lille, Alexandre Cochez a déjà participé à plusieurs projets de romans jeunesse illustrés, notamment *Skye et le vieux solitaire* publié chez Gulf Stream. *Kéo et l'épée magique* est sa première série chez Casterman Jeunesse.

Raoul Pigeon détective

UNE SÉRIE POUR RIGOLER !

Aidé de ses amis Arletty Lapie et Moino,
Raoul Pigeon résout toutes les enquêtes
en un battement d'ailes !

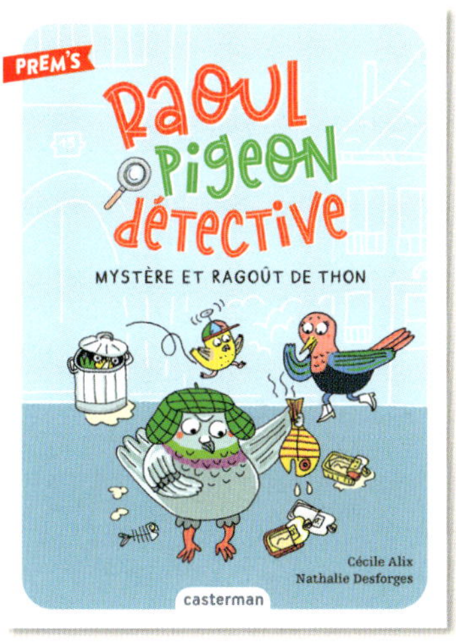

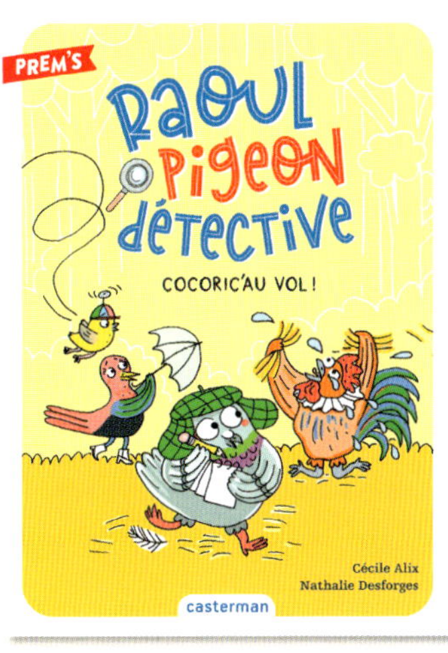

Déjà en librairie

À TOUR DE RÔLE

UNE SÉRIE AU CONCEPT INÉDIT

Des histoires à lire à deux,
comme un jeu... avec qui tu veux.
Chacun choisit son personnage
et c'est parti pour un dialogue de folie !

Déjà en librairie